以此献给：

昂代尔河谷的同学们，以及我的技术顾问杰罗姆；

对了，还有勒内，他慷慨无私地将他的山羊胡子借给了我。

**图书在版编目(CIP)数据**

没有鸟儿的天空 /[法]古琼编绘；蔡莲莉译. —武汉：湖北美术出版社，2012.9
（海豚绘本花园系列）
ISBN 978-7-5394-5652-2

Ⅰ.①没… Ⅱ.①古… ②蔡… Ⅲ.①儿童文学—图画故事—法国—现代 Ⅳ.①I565.85

中国版本图书馆CIP数据核字（2012）第240688号
著作权合同登记号：图字17-2012-128

**Pas de ciel sans oiseaux**

By Rémi Courgeon
© Mango Jeunesse, Paris-2012
ISBN： 978 27404 2843 6
Simplified Chinese copyright © 2012 Dolphin Media Co., Ltd.
本书中文简体字版权经法国FLERURS出版社授予海豚传媒股份有限公司，
由湖北美术出版社独家出版发行。

# 没有鸟儿的天空

[法]雷米·古琼/文·图　　蔡莲莉/译
责任编辑/刘　姗　杨金龙
装帧设计/张青青　美术编辑/魏孜子
出版发行/湖北美术出版社　经销/全国新华书店
印刷/恒美印务（广州）有限公司
开本/787mm×1092mm　1/8　5印张
版次/2012年11月第1版　2012年11月第1次印刷
书号/ISBN 978-7-5394-5652-2
定价/29.00元

策划/海豚传媒股份有限公司
网址/www.dolphinmedia.cn　邮箱/dolphinmedia@vip.163.com
咨询热线/027-87398305　销售热线/027-87396822
海豚传媒常年法律顾问/湖北立丰律师事务所　王清博士　邮箱/wangq007_65@sina.com

# 没有鸟儿的天空

[法]雷米·古琼/文·图

蔡莲莉/译

长江出版传媒　湖北美术出版社

那天，镇政府大楼上的钟坏了。明明是中午12点，它却快了好多。

人们不由自主地想到了镇长穆瓦松先生。

十分钟后，穆瓦松先生爬上大楼，把钟拆了下来。

他给大钟换了新齿轮，紧了紧发条，还拆下指针加了些润滑油。

穆瓦松先生还突发奇想，把敲钟的声音也给改了。

这样，"咚咚咚咚"的钟声，就变成了"啦啦啦啦"。

他想，镇上的音乐家们还可以学习学习呢！

穆瓦松先生可厉害啦! 他几乎什么都会。

给班卓琴调音、修理拖拉机……

给自行车拉紧链条、嫁接梨树……

没什么可以难倒他。

镇上还流传着一个关于他的故事呢!

在一次婚礼上, 有个水晶灯突然掉下来摔碎了。

人们立刻想到了穆瓦松先生。

果然, 两个小时以后,

他就把所有的玻璃渣给粘起来了。

最神奇的是, 重新粘好的水晶灯一点痕迹也没有,

反而比原来透亮多了!

他真是一个艺术家!

一天早上，有人按响了穆瓦松先生家的门铃。

他打开门，一个男孩急匆匆地跑了进来。

是维克多，穆瓦松先生认得他。

没等他开口呢，维克多迫不及待地问：

"先生，你能救救它吗？"

穆瓦松先生看了看维克多的手心，

他正捧着一只死去的画眉鸟。

"孩子，这只鸟已经死了！"

穆瓦松先生说。

维克多的眼睛里涌满了泪水。

他苦苦地哀求着，

"先生，你就试试吧！救救它呀！"

穆瓦松先生的嘴巴里嘟囔着什么。

好一会儿，他才轻轻地说：

"好吧，你把它放在这儿吧。"

穆瓦松先生把画眉鸟放在厨房的桌子上。

整整一个上午过去了。

他无奈地摇摇头，自言自语地说，

"鸟已经死了，我还能怎么样呢？

维克多来的时候，我得跟他说，

这画眉鸟救不活啦……"

可当他再看一眼那只鸟儿时，

他又想起了维克多充满期待的眼神。

"我怎么能放弃呢？"

他弯下腰，开始细细地观察画眉鸟。

这鸟儿长得可真精致呀！

许久许久，穆瓦松先生开始工作了。

他全神贯注地忙碌着，

连大钟报时的声音都没听到。

时间一点一滴地过去了，天渐渐黑了。

突然，房间里传出一阵微弱的声音。

穆瓦松先生吓了一跳。

他抬起头，看看四周……

房间里什么都没有！

咦！声音是从他手心里发出来的呢！

就在这时，他感觉到了画眉鸟的心跳。

画眉鸟救活啦!

晚上，维克多来了。
看着活蹦乱跳的画眉鸟，
他一点也不觉得吃惊。
他从一开始就相信，
穆瓦松先生肯定能救活它的。

这天夜里，
穆瓦松先生翻来覆去睡不着。
他的脑海里不停地冒着问题：
我这是在做梦吗？
在这个镇上，谁还相信我呢？
如果再遇上这种事，我该怎么办？

第二天，穆瓦松先生在一片沉寂中醒来。

"奇怪，怎么没有鸟儿的叫声呢?

照理说，这时候它们早该出来啦!"

穆瓦松先生越想越不对劲。

他跑到花园里去看，天空中一只鸟儿都没有。

"我小的时候，到处都是麻雀呢!

要是不在耳朵里塞上棉花，早上根本没办法睡觉啊!

可现在，什么都没有了……"

没有鸟儿的天空? 不，这绝对不行!

于是，穆瓦松先生做了一个重大决定:

"我要用双手造出鸟儿，

为天空增添一些生机!"

穆瓦松先生记得,

小时候,爸爸给他讲过许多珍稀鸟类。

他决定要把它们一只一只地造出来。

他最先造的是黄池鹭。

时间很快就过去了,

没有人知道他在忙些什么,

也没有人知道他是怎么办到的!

简直太不可思议了!

就连穆瓦松先生自己都没想到,

三个月后,一只活生生的鸟儿竟然被他造出来了!

这小家伙强壮极了!

不花点力气,根本抓不住它。

它可随时都想着要飞走呢!

"好好待着! 小家伙。还不到时候哦!"

穆瓦松先生生气地嚷嚷道。

他小心翼翼地，
在鸟儿的左爪上刻上了"AM"两个字母——
这是他名字的缩写。
然后，穆瓦松先生把黄池鹭带到池塘边放生了。
"你能好好生活下去吗？"
他在心里担心地问。

尽管这样，穆瓦松先生的信念也没有动摇。
他用自己的热情，造出了一只又一只鸟儿。

长脚秧鸡，红脚鹬，黑浮鸥……
好多好多的鸟儿从他的手里诞生了！

好几次，夜深人静的时候，
穆瓦松先生忍不住问自己：
如果这是一个梦，我什么时候才会醒呢？

穆瓦松先生再也没有时间帮助别人了。

他实在太忙啦!

不过,他也不多解释什么。

就算他说了,又有谁会明白呢?

人们会想,他明明有空,

却不去帮助那些需要帮助的人,

而是整天躲在工作室里,造那些没用的家伙……

所以,穆瓦松先生只是默默地做着自己的事。

对他来说,只要活得快快乐乐,这就够啦!

一切都顺利地进行着。

直到有一天……

穆瓦松先生放飞了一只沙锥。

那可是他熬了好几夜才造出来的呢!

那天晚上,鸟儿却被一只猫吃掉了。

穆瓦松先生伤心极了!

"我是把它们造出来了,可是……"

"我还要继续做吗?"他问自己。

许久许久,穆瓦松先生终于想通了!

"我得为这个世界做点什么"他喃喃地说着,

又全身心地投入自己的工作中去了。

不久，穆瓦松先生造出了一对山雀。
两只蓝色的山雀凝聚了他的心血，
穆瓦松先生满意地笑了起来。
他小心翼翼地把它们养在花园里。
几个月后，
六只可爱的小山雀出生了。
小家伙们叽叽喳喳地叫着，
花园里一下子变得生机勃勃。
小山雀的左爪上也被刻上了字母。
穆瓦松先生开心极了，
他的心中充满了感激！

不知不觉, 五年过去了。
当年的小男孩维克多, 已经长成了小伙子。
"孩子, 你还记得五年前的事吗?"
有一天, 穆瓦松先生问他。
"当然记得啦!"维克多答道。
"好, 那你跟我来。"

穆瓦松先生深深地呼了口气,
啊, 终于找到可以分享秘密的人啦!
维克多跟着他走进了工作室。
当他看到那一只只活生生的鸟儿时, 几乎惊呆了!
"你想学吗?"穆瓦松先生问他。
维克多激动得连话都说不出来了,
可是, 他的眼里分明写着一个大大的"想"字。

从此，维克多跟着穆瓦松先生学习。

他最开始学的，是造一只乌鸦。

乌鸦又大又强壮，造起来会容易一些。

穆瓦松先生教得耐心极了！

选工具，挑材料，还有制作的技巧，

他都会亲自做给维克多看。

维克多也学得认真极了！

一个星期三，穆瓦松先生正在花园里修剪玫瑰枝，

工作室里突然传来了叫声。

他赶紧匆匆忙忙地跑回去。

维克多和那只大乌鸦已经打起来了，

乌鸦正在不停地啄着他。

师徒俩赶紧找来布条，把这个大家伙裹了起来，

以防它在工作室里搞破坏。

维克多也给自己造的鸟儿做了记号。
他在鸟儿的左爪上刻了"VI"两个字母——
那是他名字的缩写。
每一次，他都会和穆瓦松先生到山顶放生它们。
那里的天空更加广阔，鸟儿们可以自由自在地翱翔。

时间一天天过去，
维克多的技艺越来越好，
穆瓦松先生也越来越信任他。
维克多平时在牙医诊所工作，
那是一项非常细致的活儿。
所以，他最喜欢造的，
也是那些精致娇小的鸟。
他陆陆续续地造出了
许多这样的鸟儿，
有白鹡鸰、攀雀，
还有百舌鸟……

现在，穆瓦松先生造的鸟儿越来越少，
维克多造的鸟儿越来越多了。

维克多的技艺也越来越高超了。

他总是精力充沛，一点也不觉得累。

他用三天时间就能做好的事情，

穆瓦松先生要三个星期才能完成呢！

这让穆瓦松先生欣赏不已。

一天早上，穆瓦松先生惊奇地发现，

维克多的工作台上，有一条活蹦乱跳的金枪鱼。

"这条鱼可是从鸟儿变来的哦！"维克多说。

"如果把它放在火上烤一烤，味道一定好极啦！"

穆瓦松先生笑着答道。

他们一起来到海边，将鱼儿放进了大海。

是的，只有广阔的大海，才是鱼儿的天堂。

一个夏天的傍晚，
维克多和穆瓦松先生在花园里休息。
他们静静地听着鸟儿的叫声。
维克多看着穆瓦松先生——
这个老人将自己的本事教给了他，
他的心里充满了感激！
他暗暗地做了一个决定：
如果穆瓦松先生死了，我一定要把他救活！